너를 잃을 거 같은 예감

일생을 두고 사랑하고픈 사람이 있다

샐러드 기념일

개정판 1쇄 발행 | 2022년 10월 13일

지은이 다와라 마치
옮긴이 신현정
발행인 한명선

편집 김수경 **마케팅** 김예진
관리 박미실 **디자인** 모리스

주소 서울시 종로구 평창길 329(우편번호 03003)
문의전화 02-394-1037(편집) 02-394-1047(마케팅)
팩스 02-394-1029
전자우편 saeum98@hanmail.net
블로그 blog.naver.com/saeumpub
페이스북 facebook.com/saeumbooks
인스타그램 instagram.com/saeumbooks

발행처 (주)새움출판사
출판등록 1998년 8월 28일(제10-1633호)

SARADA KINENBI by Machi Tawara
Copyright ©1987 by Machi Tawara
Original Japanese edition published by Kawade Shobo Shinsha, Publishers
Translation Copyright ©2001 by Saeum Pub.
Korean translation rights arranged with Kawade Shobo Shinsha, Publishers
through Japan Foreign-Rights Centre & Imprima Korea Agency

ISBN 979-11-92684-06-2

• 잘못된 책은 바꾸어 드립니다.
• 책값은 뒤표지에 있습니다.

샐러드 기념일

다와라 마치 지음

신현정 옮김

새움

contents

작품 해설

　다와라 마치 양을 처음 만난 것은 와세다대학 제1문학부 강의실에서였다. 그녀가 대학 3학년 때였던 것으로 기억된다.
　그때 일주일에 한 번 내 수업을 들었었는데, 여름방학 전인지 후인지 확실치는 않지만 그녀로부터 한 통의 편지를 받았다. 간단한 자기 소개와 더불어 수업을 받은 느낌, 일상생활 등이 기록되어 있었는데, 마지막에 '저도 시詩를 지어보고 싶습니다만…'이라고 쓰여 있었다.
　위낙에 나는 편지 쓰기를 싫어해서 답장을 써야겠다고 생각은 하면서도 차일피일 미루고 있었다. 그녀도 강의실에 있었겠지만, 2백 명 가까운 학생들이 내 강의를 듣고 있으니 누가 편지를 보낸 다와라 마치 양인지 전혀 알 수가 없었다. 이쪽에서 먼저 말을 걸 방법이 없었던 것이다.
　이래저래 1, 2주일이 흘러가 버렸는데, 그녀로부터 계속해서 몇 통의 편지가 왔다. 이따금 여성들로부터 좀 이상한 편지를 받았던 일도 있고 해서 처음에는 또 그런 편지가 아닌가 생각했다.
　그러나 글씨는 예쁘게 쓰여 있었고, 위트가 있었으며 문장도 매력적이었다. 시원스런 문장에 독특한 리듬이 있는 점도 좋았다. 쓰고 싶은 것이 많은 것 같았고, 본디 쓰기를 좋아하는 소녀 같았다. 어쨌든 나는 5·7·5·7·7의 시를 써서 강의실에 가지고 오라는 답장을 보냈다.

처음 그녀를 만난 건 답장을 보낸 그 다음 주 강의실에서였다. 예상과는 사뭇 다른 여학생이 나를 찾아왔다. 현재는 고등학교 선생님인 그녀에게 이런 말을 하면 언짢을지도 모르겠으나, 그녀를 처음 봤을 때 얼핏 고등학생이 아닌가 생각했었다. 작은 체구는 물론 행동이나 눈의 움직임이 어딘지 모르게 고등학생 같았다.

그녀는 그때 '난생 처음 써본 시입니다'라고 말하면서 30편 정도의 시를 가지고 왔던 것으로 기억한다. 원고지에 또박또박 한 자 한 자 정성스럽게 쓴 것이었다.

그 후로 거의 매주, 정말 많은 시를 지어 왔다. 흘러 넘친다라는 표현으로는 부족한, 마치 뭔가를 분출해 내듯이 시를 지어 내는 것 같았다.

아마도 그녀의 내부에 잠자고 있던 그녀 자신의 음악이 단가短歌라는 표현형식을 만나, 눈을 뜨고, 태동胎動하고, 명동鳴動하기 시작한 것이리라. 바꿔 말하면 자신의 내부에 있는 음악을 발견한 것이라고 할 수 있을 것이다. 휴화산이 활화산으로 가는 초기 상태가 그렇지 않을까 하고 생각될 정도로 맹렬하게 시가 분출되고 있었다.

이윽고 내가 활동하고 있던 「마음의 꽃」이라는 단가잡지短歌雜誌의 동인이 된 다와라 마치 양은 그곳에서 뜻이 맞는 젊은 동인들과 만나게 된다. 그녀는 그들과 교류함으로써 날로 그 천부적인 음악의 선율을 선명히 다져 나갈 수 있었고, 이 시집 속의 작품은 이렇게 해서 태어난 것이다.

그녀의 작품 「야구 게임」이 85년 가도가와상의 차석을 수상했으며 이어서 「8월의 아침」이 86년 가도가와상 수상작이 되어 다와라 마치의 노래는 전 시단의 화제가 되었다.

또한, 뭔가 새로운 것을 추구하는 시대적인 흐름과도 맞아 그녀의 시는 날개를 달았다. 그렇다면 다와라 마치 양의 시 어디에 그런 신인다운 풋풋함이 있는 것일까?

먼저 구어체의 정형시라는 독특한 문체를 들 수 있다. 제2차 세계대전 후를 정점으로 일본 시단에는 구어口語 형식의 시가 유행했던 적이 있었다. 그러므로 구어 형식이라는 점에는 별로 새로울 것이 없으나, 그녀의 시는 구어체이면서 동시에 거의 대부분 정확한 5·7·5·7·7의 정형리듬을 가지고 있다.

이전의 구어 단가들은 대부분 운율 파괴에 너무 관대했었다.

좀 더 구체적으로 말하면 어미語尾의 처리가 매끄럽지 못했던 것이다. 마치 양의 시는 회화체를 도입해 문장 끝에 조동사가 오는 빈도를 최대한 줄이는 수고를 아끼지 않았다.

바로 그런 점이 이전의 시들과는 전혀 다른 맛을 내는 것이다.

「嫁さんになれよ」だなんてカンチューハイ二本で言ってしまっていいの。

「시집와라」

그깟 술 두 병에 말해 버려도 괜찮은 거니?

また電話しろよと言って受話器置く君に今すぐ電話をしたい

「또 전화해」하며 수화기를 놓는 너에게

지금 당장 전화하고 싶다

線を引くページ破れるほど強く「信じることなく愛する」という

「믿지 말고 사랑하자」

찢어질 만큼 몇 번이고 줄을 긋는 페이지

위에서 보듯 정확한 5·7·5·7·7의 운율로 쓰여져 있다. 그리고 또 한 가지 새로운 점은 지금껏 보지 못했던 독특한 실연失戀의 노래란 것이다. 앞서 예를 든 시에서 알 수 있듯이 오랫동안 실연의 트레이드 마크였던 침울함이라든가 어두움과는 완전히 그 맥을 달리하는 실연의 노래다.

이 시에서 남자와 여자의 관계는 애매모호한 마음속의 음영陰影을 내던져 버린 바로 그런 것들이다. 처음부터 끝까지 산뜻하고 밝다. 작중인물은 애초부터 심각성과는 어울리지 않는 캐릭터로 등장하고 있다. 실연에 일반적으로 따르는 번민이나 고뇌 같은 심리상태로부터 완전히 자유롭다.

다와라 마치의 시를 애독하는 사람이 대학생과 젊은 여성층에 많은 것은, 아마 그런 이유에서일 것이다. 또한 지금까지의 문학작품이나 시에서 볼 수 없었던, 현대인의 감춰진 진실을 제대로 표출시켰기 때문이라고 생각한다.

砂浜のランチついに手つかずの卵サンドが気になっている

해변에서의 런치 끝내 손대지 않은
계란 샌드위치가 두고두고 걸린다

「不凡な女でいろよ」激辛のスナック菓子っ食べながら聞く

「평범한 여자가 돼라」
짜디짠 스낵 과자를 먹으며 듣는다

일상의 디테일이 갑자기 모가 나 돌출한다. 일상적인 가치가 그대로 남자와 여자가 있는 장면에 불쑥 얼굴을 내민다. 이제껏 마음속의 음영을 베일에 감춰 두고 못 본 척해 왔던 벌거벗은 속내를 그대로 드러내고 있는 점이 아마도 이 실연의 시가 주는 신선함일 것이다.

시집 출간을 지켜보는 한 사람으로서 이 시집이 많은 독자와 만날 수 있기를 기도하며 이 글을 마친다.

_사사키 유키즈나(佐佐木幸綱, 시인·와세다대학 교수)

chapter 1

8월의 아침

해안선을 질주할 때 언제나 네가 듣던 이 곡
「호텔 캘리포니아」

この曲と決めて海岸沿いの道とばす 君なり「ホテル カリフォルニア」

하늘의 쪽빛 바다 그 푸르름 속에
서핑보드를 타는 너를 본다

空の青海のあおさのその間サーフボードの君を見つめる

해변에서의 런치 끝내 손대지 않은
계란 샌드위치가 두고두고 걸린다

砂浜のランチついに手つかずの卵サンドが気になっている

햇살 좋은 담벼락에 기대앉으니
평행선이 되는 너와 나의 발

陽のあたる壁にもたれて座りおり平行線の吾と君の足

버릴지도 모를 사진을 몇 장씩이나
진지하게 찍고 있는 九十九里*

捨てるかもしれぬ写真を何枚も真面目に撮っている九十九里

*구주구리 : 일본의 해변 마을

아직도 있을까 믿고 싶은 것, 바라고 싶은 것
모래밭에 나란히 엎드려 있다

まだあるか信じたいもの欲しいもの砂地に並んで寝そべっている

살진 둥근 태양이 스스로의 무게가 힘에 겨운지
추락해 간다

ぽってりとだ円の太陽自らの重みに耐ええぬように落ちゆく

오렌지빛 하늘 그 아랫녘 九十九里
흑백 사진의 너에게 바싹 다가선다

オレンジの空の真下の九十九里モノクロームの君に寄り添う

밀려갔다 밀려오는 파도의 몸짓이 아름다워
몇 번을 들어도 싫지 않은 파도의 「안녕」

寄せ返す波のしぐさの優しさにいつ言われてもいいさようなら

마주 보며 말이 없는 우리
모래사장엔 작은 꽃불이 툭 떨어진다

向きあいて無言の我ら砂浜にせんこう花火ほとりと落ちぬ

침묵 후에 다음 말을 고르는
너의 망설임이 좋다

沈黙ののちの言葉を選びおる君のためらいを楽しんでおり

왼손으로 내 손가락 하나하나를 보듬어 쥐는 너
사랑일지 모른다

左手で吾の指ひとつひとつずつさぐる仕草は愛かもしれず

추억의 한 자락 같아

언제고 그대로 둔 푹 꺼진 밀짚모자

思い出の 一つのようでそのままにしておく友から帽子のへこみ

「또 전화해」하며 수화기를 놓는 너에게

지금 당장 전화하고 싶다

また電話しろよと,言って受話器置く君に今すぐ電話をしたい

「미안해」꼭 친구에게 하는 말 같다
돌아보니 아버지는 찻잔 속을 보고 있다

ごめんねと友に言うごと向きおれば湯のみの中を父は見ており

그러고 보니 네가 좋아하는
꽃무늬 옷만 잔뜩 들고 있는 옷가게 탈의실

気がつけば君の好める花模様ばかり手にしている試着室

커지면 커질수록 넉넉한 기분
백화점 쇼핑백

大きければいよいよ豊かなる気分東急ハンズの買物袋

오후 네 시 야채가게 앞에서
식단을 생각하는 행복

午後四時に八百屋の前で献立を考えているような幸せ

서로를 바라본 후 찾아오는 마음의 황혼
너만이 있는 풍경이다

あいみてののちの心の夕まぐれ 君だけがいる風景である

너를 기다리는 토요일
기다림이란 시간을 먹으며 여자는 산다

君を待つ土曜日なりき待つという時間を食べて女は生きる

야구장이 만들어낸 한낮을 근경近景으로

우리들은 유쾌하다

球場に作り出される真昼間を近景として我ら華やぐ

왠지 행복한 기분으로 바라보는 카프* 벤치

네게 기대어

我がカープのピンチも何か幸せな気分で見おり君にもたれて

*일본 프로야구 센트럴리그 팀 중의 하나인 히로시마 카프

생맥주를 사는 네 손을 우연히 본다
그리고 뚫어지게 본다

生ビール買い求めいる君の手をふと見るそしてつくづくと見る

일 년은 짧은데
하루는 길다고 생각하는 생일날

一年は短いけれど 一日は長いと思っている誕生日

오천 원이면 내 것이 될 것을
애써 모르는 척 피는 장미꽃

四百円にて吾のものとなりたるを知らん顔して咲くバラの花

「또 전화해」「기다려」
언제나 명령형으로 사랑을 말하는 너

「また電話しろよ」「待ってろ」いつもいつも命令形で愛を言う君

떨어지는 빗방울을 올려다보며
지금 이대로의 모습으로 불현듯 너의 입술이 갖고 싶다

落ちてきた雨を見上げてそのままの形でふいに, 唇が欲し

소낙비를 피해 포장마차에서의 술 한잔
사람이 살아 있다는 이 즐거움

にわか雨を避けて屋台のコップ酒人生きていることの楽しさ

나를 새댁이라고 부르는 포장마차 아줌마 앞에서
잠시 너의 아내가 된다

オクサンと吾を呼ぶ屋台のおばちゃんを前にしばらくオクサンとなる

시장놀이 같은
가게에서 산 네 칫솔

おみせやさんごっこのような雑貨店にて購いし君の歯ブラシ

「춥지」 하고 말을 걸면
「춥네」 하고 대답해 줄 사람이 있는 따뜻함

「寒いね」と話しかければ「寒いね」と答える人のいるあたたかさ

일생을 두고 사랑하고픈 사람 있어
虛実皮膜論*을 쓸쓸해한다

一生かけて愛してみたき人といて虛実皮膜の論を寂しむ

*허실피막론 : 사실과 허구가 피부의 겉과 속처럼 아주 근소한 차이가 있다는 이론

지나칠 때마다 「오늘만 바겐세일」이라고 써 붙여진
가게의 빨간 블라우스

通るたび「本日限り」のバーゲンをしている店の赤いブラウス

갓 데친 두부를 좋아하는 너를 생각하며
작은 전골냄비를 산다

湯豆腐を好める君を思いつつ小さな土鍋購いており

사람이 살지 않는 집이 늘어선 전시회장에
흔들리는 코스모스

人住まうことなき家の立ち並ぶ展示会場に揺れるコスモス

한밤중에 나를 떠올릴 사람이 있는 행복
수화기를 든다

真夜中に吾を思い出す人のあることの幸せ受話器をとりぬ

「그럼, 또 봐」 언제나 변함없는 그 말
뭔가 다른 수요일

「じゃあな」という言葉いつもと恋らぬに何か違っている水曜日

「믿고 싶지만…」 이런 생각이 드는 목요일엔
좀 야한 티셔츠를 입는다

信じたいけれどと思う木曜は軽薄色のTシャツを着る

이 시간 너의 부재를 알리는 벨소리
어디에서 마시고 있니 누구와 취하고 있니

この時間君の不在を告げるベルどこで飲んでる誰と酔ってる

지금 너도 듣고 있을지 모를 TBS 라디오
웃음소리 중간에 라디오를 끈다

今君も聞いておるらんTBSラジオ　笑いの途中で切りぬ

「난 괜찮아」라고?
무엇이 괜찮은 건지 모르는 채 고개를 끄덕이고 있다

「俺は別にいいよ」って何がいいんだかわからないままうなずいている

알 순 없지만 즐거우면 된다고 생각되질 않아
누구? 너

わからないけれどたのしいならばいいともおもえないだあれあなたは

같은 것을 보고 있지만
너와 나의 무언가가 끝나 가는 오후

同じもの見つめていしに吾と君の何かが終ってゆく昼下がり

「그렇다면 5년 기다릴게」
너 아닌 다른 사람에게서 이런 말을 듣는 찻집

それならば五年待とうと君でない男に言わせている喫茶店

언젠가 오늘 같은 저녁
네가 부르던 하트 브레이크 호텔의 등불

いつか君が歌ったこんな夕暮れのハートブレイクホテルの灯り

납치하듯 나를 태우고 시동을 걸던
8월의 아침을 너는 기억하는지

昔をさらいエンジンかけた八月の朝をあなたは覚えているか

햄버거 가게 자리에서 일어나듯
남자를 버려 버려야지

ハンバーガーショップの席を立ち上がるように男を捨ててしまおう

남자라는 병을 보관해야 할 유효기간이 지나서
쾌청한 오늘

男というボトルをキープすることの期限が切れて今日は快晴

두 번째 애인이 돼도 좋다고 노래하는 가수가 있다
제기랄, 그걸 말이라고 하는 건지

愛人でいいのとうたう歌手がいて, 言ってくれるじゃないのと思う

너를 기다리는 일 없어져서
쾌청한 토요일도 비 오는 화요일도 마찬가지

君を待つことなくなりて快晴の土曜も雨の火曜も同じ

chapter 2

야구 게임

너에게 꼭 안긴 듯한 초록색 스웨터를 입고
겨울이 된다

たっぷりと君に抱かれているようなグリンのセーター着て冬になる

계란 두 개를 진지하게 삶고 있는
오렌지 향기 흩날리는 일요일 아침

卵二つ真剣勝負で茹でているネーブルにおう日曜の朝

울고 있는 얼굴을 거울에 비춰 확인한다
언제나 아름다워야 해 너는 말했었는데…

泣き顔を鏡に映し確かめる　いつもきれいでいろと言われて

사랑을 지니지 못한 한마디 말
사랑을 고백하는 수십 마디 말보다 마음에 걸린다

愛持たぬ一つの言葉　愛を告げる幾十の言葉より気にかかる

너는 가죽점퍼에 사이클을 탄 기사
너를 맞기 위해 불타라, 저녁놀이여

皮ジャンにバイクの君を騎士として迎えるために夕焼ける空

「믿지 말고 사랑하자」
찢어질 만큼 몇 번이고 줄을 긋는 페이지

線を引くページ破れるほど強く「信じることなく愛する」という

너와 같이 먹은 3천 원짜리 아나고 스시
그 맛이 사랑이었음을

君と食む三百円のあなごずしそのおいしさを恋とこそ知れ

만원 지하철 안에서
솜털 가까운 네 얼굴을 본다

満員の電車の中に守られてうぶ毛ま近き君の顔見る

언제 봐도 세 개가 나란히 팔리는
목욕탕 벽의 「귀이개 세트」

いつ見ても 三つ並んで売られおる風呂屋の壁の「耳かきセット」

너와 함께 함으로 얻은 것 잃은 것
가글가글 양치질 소리도 여자인 것을

君といてプラスマイナスカラコロとうがいの声も女なりけり

바다가 너무 보고 싶어 12월 로맨스카*를 타는
너와 나

どうしても海が見たくて十二月ロマンスカーに乗る我と君

*신주쿠에서 카타세에노시마까지 연결된 오다큐전철의 특급 관광 열차

에노시마*에서의 하루
서로 다른 미래가 있다면 사진은 찍지 말자

江ノ島に遊ぶ一日それぞれの未来があれば写真は撮らず

*일본 관동지방 카나카와 현의 관광지

프리스비*를 정확히 잡는 손에서
우리의 사랑을 보지 못한다. 슬퍼해야 하리라, 그대는

フリスビーキャッチする手の確かさをこの恋に見ず悲しめよ君

*원반을 주고받는 놀이(flying disc)의 상표명

바다에 돌을 던지는 청년 나를 보지 않는다
바다 색처럼 무례하다

海に石投げる青年我を見ず海の色して無頼たるべし

나를 위해 생굴 껍질을 깐다
손가락에 엷게 번지는 사랑스러운 피의 색깔

我のため生ガキの殻あける指うすく滲める血の色よ愛し

약속을 믿는 너는
파도가 오는 곳에 모래성을 쌓지 않는다

約束を信じぬ君は波の来ぬところに砂のお城をたてず

「마치야」 하고 나를 부를 때
청년의 그 순간의 망설임이 좋다

まちちゃんと我を呼ぶとき青年のその一瞬のためらいが好き

갑자기 바닷바람에 너의 냄새가 춤춘다
안겨서 조개껍질이 된다

潮風に君のにおいがふいに舞う抱き寄せられて貝殻になる

「시집와라」
그깟 술 두 병에 말해 버려도 괜찮은 거니?

「嫁さんになれよ」だなんてカンチューハイ二本で言ってしまっていいの

내 무릎에 어린아이의 무게를 얹어 놓고
무례히 잠이 든 너

我が膝に幼児の重み載せながら無頼派君が寝息をたてる

모래사장에서의 입맞춤
오후 다섯 시 반의 후지산이 보고 있다

砂浜を歩きながらの口づけを午後五時半の富士が見ている

달리기 위해서 태어난 거야
고향이 없는 너의 바다가 되고 싶다

走ルタメニ生マレテキタンダ　ふるさとを持たない君の海になりたい

「겨울 바다를 만져 보고 올게」
다가서는 너의 시선이 부담스러운 해변

「冬の海さわってくるね」と歩きだす君の視線をもてあます浜

사랑 하나 어쩌질 못하고 돌아오는 길
긴 바늘과 작은 바늘이 겹치는 시각

愛ひとつ受けとめかねて帰る道　長針短針重なる時刻

모래밭에 둘이서 묻은 비행기의 부러진 날개
잊지 않길 바래

砂浜に 二人で埋めた 飛行機の 折れた翼を 忘れないてね

하나 더하기 하나는 둘이라 믿으며 살아가는 쓸쓸함
나에게 내리는 12월

プラス を として生きてゆく淋しさ我に降る十二月

相聞歌* 구절구절 뼛속에 스미는 밤
한 수도 남김없이 동그라미를 친다

相聞歌なべて身に沁むこの夕べ 一首残らず丸をつけおり

*상문가 : 일본에서 가장 오래된 시가집인 만엽집(萬葉集)의 일부 분으로
주로 연가가 많음

너의 머리 빗질하던 브러시를 잡을 때면
아, 향기로운 너의 내음

君の髪梳かしたブラシ使うとき香る男のにおい楽しも

너를 기다리는 아침엔 네 시, 다섯 시 반, 그리고 여섯 시
자명종 시계를 확인한다

君を待つ朝なり四時と五時半と六時に目覚まし時計確かむ

「서른 살이 될 때까진 그냥저냥 살 거야」
그렇게 말하는 너의 어떤 풍경일까, 나는

「30までブラブラするよ」と言う君の如何なる風景なのか私は

이 방에서 너와 지내던
그녀의 머리카락 길이가 알고 싶은 이 저녁

この部屋で君と暮していた女の髪の長さを知りたい夕べ

춥지 않니? 망설이는 너 하나만 내게로 오면
커다란 나무로 한 세상 살으련만

寒くない？ 宙ぶらりんの君一人寄らば大樹の世を生きてゆく

택시로 물결치는 새벽 두 시
무심하게 잠들어 있는 횡단보도

タクシーの河の流れの午前二時眠り続ける横断歩道

「오늘은 목욕탕이 휴일이었어」
이런 나의 일상을 말하고 싶었던 매일

今日風呂が休みだったというようなことを話していたい毎日

나만을 생각하는 남자의 한심함을 알면서
너에게 그것을 꿈꾸고

我だけを想う男のつまらなさ知りつつ君にそれを望めり

「오늘로 너와 만난 지 꼭 500일」
남자는 속삭이고 얼른 물러선다

「今日で君と出会ってちょうど500日」男謡くわっと飛びのく

엄마가 사는 고향에 내리던 눈 같은 쓸쓸함
동경에도 있다

母の住む国から降ってくる雪のような淋しさ　東京にいる

앞으로 올 두 달
그 모두가 추억으로 시작되는 2월

これからの二カ月のこと何もかも思い出として始まる二月

왜 알게 되는가 여자는
사람은 사랑만으로 살아갈 수 없다는 걸

気づくのは何故か女の役目にて　愛だけで人生きてゆけない

마지막일지 모르는 요코하마의 차이나 거리
어설프게 웃고 있는 튀김 과자를 산다

最後かもしれず横浜中華街笑った形の揚げ菓子を買う

이별을 향해 아침은 오고
나는 눈물 맛의 오믈렛을 굽는다

さよならに向かって朝がくることの涙の味でオムレツを焼く

너를 만날 수 없는 밸런타인데이
이츠키노미야*처럼 하루를 보낸다

バレンタイン 君に会えない一日を斎の宮のごとく過ごせり

*이츠키노미야 : 일본 신화에서 해의 여신 아마테라스 오오미카미를 모신
황대신궁(皇大神宮)에서 일생을 보낸 미혼의 여자 황족

처음 입맞춤하던 밤이다
탕 소리 내며 덮어 버리는 일기장

初めての口づけの夜と気がつけばばたんと閉じてしまえり日記

떠나가 버릴 이의 가슴에 안긴다
음력 3월 이별의 달빛

過ぎ去ってゆく者として抱かれおり弥生三月さよならの月

봄을 기다리는 가슴 못 가진 3월에
때늦은 매화 너와 함께 본다

春を待つ心を持たぬ 三月に遅咲きの梅君と見ている

끝내 그 한마디 하지 못한 오후
야구 게임에 열중한 두 사람

たった 一つのことが言えずに昼下がり野球ゲームに興じる二人

투아웃 만루 인생의 중대사처럼
너는 가슴을 졸인다

ツーアウト満塁なれば人生の一大事のごと君は構える

오르고 내리는 에스컬레이터 스쳐 지나는 한순간
너를 만나서 행복해

上り下りのエスカレーターすれ違う一瞬君に会えてよかった

피는 일도 지는 일도 없이
하늘을 향한 전신주에 부는 봄바람

咲くことも散ることもなく天に向く電信柱に吹く春の風

브라이달 벨* 이라는 이름의 식물을 창가에 늘어뜨리는
나의 청춘기青春忌

ブライダル・ベールという名の植物を窓辺に吊す我が青春忌

*결혼식에서 많이 쓰이는 꽃. 부케를 일컫기도 함.

chapter 3

아침 넥타이

박물관에 새겨져 있는
아버지의 이름을 확인하러 간다

東北の博物館に刻まれし父の名前を見届けに行く

한때는 「세상에서 제일 강했던」
아버지의 자석磁石이 웅크리고 있는 선반

ひところは「世界で一番強かった」父の磁石がうずくまる棚

월요일 아침에

넥타이를 골라 매는 자성재료연구소장

月曜の朝のネクタイ選びおる磁性材料研究所長

희토류원소稀土類 元素와 함께 살아오신 아버지는

모딜리아니의 여인을 사랑한다

稀土類元素とともに息して来し父はモジリアーニの女を愛す

「또 사랑 노래를 쓰고 있니」
재미있다는 듯 걱정스럽다는 듯

「また 恋の歌を作っているのか」とおもしろそうに心配そうに

기념으로 사오신 사누키* 우동
회사 이름 적힌 봉투 속에서 모습을 드러낸다

おみやげの讃岐うどんが社名入り封筒の中からあらわれる

*사누키 : 우동으로 유명한 고장

아내를 「○○엄마」라고 아무렇지 않게 부르는 것
왠지 따뜻한 일이다

妻のこと「母さん」と呼ぶためらいのなきことなにかあたたかきこと

물수건으로 얼굴을 닦을 때
「아아」 하시는 걸 보면 역시 남자다

おしぼりて顔を拭くとき「ああ」という顔見ておれば 一人の男

전화기에서 조금 떨어져 차를 마신다
듣고 있지 않다는 듯 차를 마신다

電話から少し離れてお茶を飲む聞いてないよというように飲む

다정함을 잘 표현 못하는 것
허락받은 일인지 모른다 아버지 세대는

やさしさをうまく表現できぬこと許されており父の世代は

chapter 4

바람이 되다

편지에는 사랑이 넘친다
그 사랑은 소인이 찍힌 날 그때의 사랑

手紙には愛あふれたりその愛は消印の日のそのときの愛

다 쓰고 우표를 붙이면 곧
답장을 기다리는 시간이 흐르기 시작한다

書き終えて切手を貼ればたちまちに返事を待って時流れだす

기다림이 시작되는 빛깔로
오늘도 변함없이 서 있는 우체통

待つことの始まり示す色をして今日も直立不動のポスト

당신에게는 당신의 토요일이 있군요
보고도 못 본 척하는 나의 토요일

あなたにはあなたの土曜があるものね　見て見ぬふりの我の土曜日

네 번째 유혹을 거절하는 일요일
아무것도 할 수 없는 나의 시간들

四つめの誘い斷る日曜日なんにもしない私の時間

무뢰한이라 부르고 싶은
네 안에 보이는 소년의 하늘이 맑다

無頼派と呼びたき君の中に見る少年の空澄みわたるなり

사뿐사뿐 나란히 걷는 봄길
모두에게 보여 주고 싶은 오후

ふうわりと並んで歩く春の道誰からも見られたいような午後

보기 전엔 날아가지 않아 무엇을 보는 건지도
알 순 없지만 미끄러지듯 살아간다

見る前に翔ばず何を見るのかもわからずけれどつるつる生きる

눈을 감고 맥주컵에 얼굴을 묻는 너
나를 보지 않는 너, 어떤 목마름이기에

目を閉じてジョッキに顔を埋める君我を見ず君何の渇きぞ

두 시간이면 신데렐라가 될 나를 앞에 두고
핵전쟁 얘기를 한다

二時間でシンデレラとなる吾を前に核戦争の話などする

네가 말하는 핵전쟁
그 다음을 흐르는 물이 되지 않을래 나와…

君の言う核戦争のそのあとを流れる水にならんか我と

「너, 내게 하고 싶은 말 있지」 다그쳐 물으니
그런 것도 같다

「おまえオレに言いたいことがあるだろう」決めつけられてそんな気もする

장마가 갠 후의 휴지 교환[*]

추억도 휴대용 티슈로 바꿔 줄 순 없을까

梅雨晴れのちりがみ交換　思い出もポケットティシュに換えてくれんか

[*]일본에선 재활용 신문지를 화장지로 교환해 주는 트럭이 다닌다

그저 네 방에 소리를 내고 싶어서

다이얼을 돌리는 목요일 오후

ただ君の部屋に音をたてたくてダイヤル回す木曜の午後

「서른 살에 나는 죽는다」라고 말하는 너
그렇다면 나도 그때까지만 살래

「30で俺は死ぬよ」と言う君とそれなら我もそれまで生きん

시속 80킬로미터 네 등에서 바람이 된다
너를 껴안고 있는 팔만이 이 순간

時速80 君の背中で風になるつながっている腕だけが今

가슴 언저리에 지난해 수영복 자국이 있는 여자를
유혹하는 바다

胸もとに去年の水着の跡を持つ女が海に誘われている

나를 갖고 싶다는 너의 말에
마음만은 따라가고 싶은 하나이치몸메*

万智ちゃんがほしいと言われ心だけついていきたい花いちもんめ

*상대편 아이들 중 마음에 드는 아이를 골라 이기면 자기편으로 데리고 가는 놀이.
「우리 집에 왜 왔니?」라는 놀이와 비슷하다

기껏 80년 남짓한 인생 줄곧 거부하는
스물한 살의 이유

八十年ぽっちの人生拒むことだらけの二十一歳の何故

나라고 하는 365면체
산산이 부서져 날아가 버려

我という三百六十五面休ぶんぶん分裂して飛んでゆけ

「그럼, 또」 전화할 생각 없는 너에게
어리광스런 목소리로 복수를 한다

「そのうちに」電話する気もない君に甘えた声で復讐をする

새파란 태양아 떠올라라, 가을이라는 계절에
너를 잃을 것 같은 예감

真青なる太陽昇れ秋という季節に君を失う予感

맹목적으로 나를 사랑하는 사람
내가 아닌 나를 사랑한다

やみくもに我を愛する人もいて似ても似つかぬ我を愛する

스물아홉이 되어도 데려갈 사람 없으면
연락하라고 말해 줘

29になって貰い手ないときは連絡しろよと言わせておりぬ

외계인 같기도 하고 그렇지 않은 것도 같은

前田에서 石井*가 되어 버린 친구

異星人のようなそうでもないような前田から石井となりし友人

*일본에선 결혼하면 남자의 성을 따른다

못이 박이게 들은 저혈압의 폐해를

점성술 다음으로 믿는다

聞かされる低血圧の弊害を星占いの次に信じる

84

하루를 끝내고 손가락 위에 올려진
조금은 흐려진 콘택트렌즈

一日を終って指の上にあり少し曇れるコンタクトレンズ

사실은 모두 네가 보는 것인데…
작고 둥근 렌즈에게 속삭인다

本当はおまえがみんな見てるのね小さき丸き粒にささやく

내가 봤던 더러움 씻어낼 때마다
콘택트렌즈를 세차게 헹군다

見しことの濁りを洗い流すごとコンタクトレンズ強く漱げる

수다스러운 생일 카드를 산다
나의 공백을 메우는 문자들

饒舌なるバースデーカード購いぬ我の空白埋める文字たち

「뭐 하고 있어」「있잖아, 지금 무슨 생각해」
질문만 있는 사랑은 망해亡骸

何してる？　ねぇ今何を思ってる？　問いだけがある恋は亡骸

청구서라도 내게 온 엽서가 반가운
가을의 황혼

ダイレクトメールといえど我宛のハガキ喜ぶ秋の夕暮れ

얼마나 취한 건지 알 수 없는 너의 말

전화를 기다리지만…

醉っていた君の言葉の醉い加減はかりかねつつ電話を待つも

끝없이 울리는 벨소리

부재도 너에 관한 그 어떤 것이기에 소중히 듣는다

鳴り續くベルよ不在も手がかりの 一つと思えばいとおしみ聽く

너를 위해 공백으로 비워둔 수첩에도 스케줄을 적는다
연필로

君のため空白なりし手帳にも予定を入れぬ鉛筆書きで

제대로 사랑받지 못해 너무 데친 컬리플라워를
질근질근 씹는다

愛ひとつ受けとめられず茹ですぎのカリフラワーをぐずぐずと噛む

화분의 파슬리와 나를 우리들에 비유해 본다
너와 같이 있는 지금

鉢植えのパセリと我の関係に我らをたとえてみる君といて

요코하마는 항구가 보이는 언덕 공원
연인 사이처럼 보이겠지

ヨコハマは港の見える丘公園恋人同士に見えるであろう

길거리 팬터마임에 발길을 멈추고
눈과 눈이 마주치는 한순간

街頭のパントマイムに足を止め目と目が合ったようなしばらく

고호 전展 유리에 비치는 내 얼굴에만
신경 쓰이는 전시회장

ゴッホ展ガラスに映る我の顔ばかり気にして進める順路

그날부터 사는 방법을 바꾸었다는 너의 그날의 기억
내게는 보이지 않는다

その日から生き方変えたという君のその日の記憶吾には見えない

나도 너도 단지 「사람」이라고만 기록된
인체견본이 되고픈 저녁

我も君もただ「ヒト」とのみ記されて人体見本になりたき夕べ

「먹고 싶지만 날씬해지고 싶다」라는 카피가 있다
사랑받고 싶지만 사랑하기는 싫다

食べたいでも痩せたいという　コピーあり　愛されたいでも愛したくない

마음껏 볼륨을 올리고 듣는 사잔[*]
어느 노래나 울고 있는 것 같다

思いきりボリュームあげて聴くサザンどれもこれもが泣いてるような

*일본의 그룹사운드 「사잔 올스타즈」

chapter 5
여름 배

대지가 서서히 잠에서 깨어나듯
기지개를 펴는 여름 배

ゆっくりと大地めざめてゆくように動きはじめている夏の船

종이테이프 바람에 흩날리는 여름
감진환鑑眞丸호를 타고 상하이에 간다

紙テープ風に切られてゆく夏の鑑真丸で上海に行く

검푸른 동지나해
오직 하늘이다 오직 바다다

濃紺の東シナ海沖に来てただ空であるただ波である

오늘까지 내가 한 거짓말
아무래도 상관없다는 바다

今日までに私がついた嘘なんてどうでもいいよというような海

갑판 위엔 저마다의 바람 저마다의 이야기들
나누고 싶지 않은 시간

デッキにはそれぞれの風それぞれの話しかけられたくない時間

선실 창으로 보이는 섬들에게 이름이 있다는 것
왠지 불가사의하다

船室の窓から見える島々に名前あることふいに不可思議

식탁 위의 맥주 갸우뚱 기울어진다
아아, 그러고 보니 여기는 동지나해

食卓のビールぐらりと傾いてああそういえば東シナ海

대륙에 나를 부르는 바람
함께 가는 밀크캐러멜 색의 양쯔강

大陸に我を呼ぶ風たずさえてミルクキャラメル色の長江

왕조의 옷을 입고 춤을 추는 중국 소녀
무풍無風의 한여름처럼

王朝の装束で舞う中国の少女　無風の　真夏のように

「우회하시오」
살아 번뜩이는 상하이는 자전거와 공사중이 많은 거리

「迂回せよ」生きるきらきら上海は自転車と工事中の多い街

사거리를 도는 트럭
칭다오의 맥주가 비명을 지르는 상하이

四ツ角を曲がるトラック青島のビールが悲鳴をあげる上海

그리운 도시가 될 시안에서
오늘 두 번째 빨래를 한다

なつかしい町となるらん西安に今日で二度目の洗濯をする

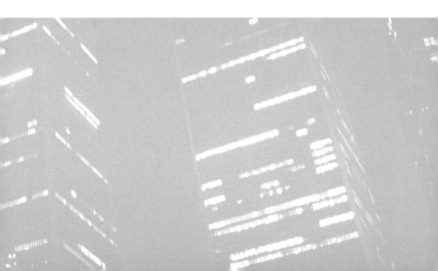

일본을 떠난 지 7일
센트럴리그의 순위 경쟁이 문득 궁금해진다

日本を離れて七日セ・リーグの首位争いがひょいと気になる

고향의 논두렁 같은 시안
흔들리는 강아지풀을 본다

ふるさとのたんぼと同じ西安に揺れるエノコログサを見ている

해바라기의 노란색을 알알이 흩뿌려 놓은
실크로드로 가는 이 길

ひまわりの黄色をいくつかちりばめてシルクロードへ続くこの道

병마용[*] 수백 수십 명의 사고^{思考}
꼿꼿이 선 채 잠들어 있다

兵馬俑何百何十何休の思考直立したまま眠る

*兵馬俑 : 진시황제 등의 무덤에 순장된 병사 모양의 인형

양귀비가 살던 곳을 보니 나를 위해

연못을 파 줄 남자가 한 사람쯤 있었으면 좋겠다

楊貴妃の住まいを見れば吾のために池掘る男一人は欲しい

어린아이의 한숨 같은 잔물결을 일으키는

한여름의 황하

幼な子の吐息のようなさざ波を浮かべておりぬ真夏の黄河

사흘 동안 박씨 부부를 지켜보니
부부란 결국 연인이었다

朴夫妻を 三日観察しておれば夫婦はついに恋人である

박씨 부인의 보일 듯 말 듯한 질투를 받으며 걷는
박씨 아저씨와 나

朴夫人のあるかないかの嫉妬心感じて歩く朴氏と私、

건릉 정상의 바람

끝없이 펼쳐진 모자이크 밭을 보고 있다

乾陵の頂上に風　どこまでも続くモザイク畑見ている

모든 과일이 시큼한 도시

시안에 아침 바람은 태어난다

くだもののなべてすっぱい町なりき西安に朝の風は生まれる

막 떠오른 태양과 함께 선 다옌타大雁塔여
잘 있거라, 시안이여

のぼりたての太陽つれて立っている大雁塔よさよなら西安

일본이란 말을 비웃는 평원에서
내 눈은 너무 피곤하다

にっぽんの言葉を笑っているような平原に目は疲れ果ててる

여권을 손에 든 나
있거나 말거나 화북평원

パスポートをぶらさげている 居ようがいまいが 華北平原

자외선 차단제를 바른 얼굴이
쌀알 색으로 빛나는 뤄양

日焼け止めクリームを塗ってきた顔が米粒色にひかる洛陽

「두 개에 백 원!」 기념품을 파는 중국 소녀
떼지어 몰려드는 뇌우雷雨처럼

「二個一円!」みやげもの売る中国の少女群がる雷雨のように

일본에 있었다면 갖고 싶지 않았을
족자를 산다 탁본을 산다

日本にいれば欲しくはならぬのに掛け軸を買う拓本を買う

나무 그늘에서 버스를 기다리는 뤄양은
태어나기 전에 한 번 왔었다

木陰にてバスを待ちおり洛陽は生まれる前に 一度来ていた

뤄양에서 「바나나 사과」를 파는
소년의 긴 다리

洛陽に「バナナリンゴ」というリンゴを売る少年の足長かりき

대륙을 서쪽으로 서쪽으로 달리는 열차
바다가 그리운 눈을 감고 있다

大陸を西へ西へと行く列車　海を見たがる目を閉じている

흙 색깔의 땀을 흘리는 침대에서
비명과 같은 경적 소리를 듣는다

土色の汗をかいてる寝台に悲鳴のような警笛を聞く

대나무 숲에서 현기증이 날 것 같은 매미 소리를 듣는
나는 한 그루 대나무

竹林に目まいのような蟬の声聞きおり我は一本の竹

손수건을 무릎에 얹으면 정사각형으로 더운 항주抗州
체온의 도시

ハンカチを膝にのせればましかくに暑い抗州休温の町

첸탕강 대교 저편엔
녹색 열차가 바람을 가른다
　錢塘江大橋遠く見ておれば緑の列車が風を切り取る

언제부턴가 나를 「마치야」 하고 다정히 부르는
왕씨 아저씨가 있고, 샤오자가 있고
いつのまにか吾を「マッチャン」と呼んでいる王さんがいて小蔣がいて

양쯔강을 바라보는 지금
티셔츠는 도쿄의 거리를 걷기 시작한다

長江を見ていたときのTシャツで東京の町を歩き始める

chapter 6
모닝콜

모닝콜이 울기 전
치약 거품 속에 하루가 시작된다

モーニングコールの前のエチケットライオンの泡の中に始まる

네가 기다리는 신주쿠까지 흔들리는 오다큐선은
나의 실크로드

君の待つ新宿までを搖られおり小田急線は我が絹の道

*小田急線 : 일본의 전철

버찌가 조금 시다
옥상 정원에서 지금 누구보다 사랑받고 있다

さくらんぼ少しすっぱい屋上に誰よりも今愛されている

손목시계를 보는 내 모습을 사랑하는 사람이 있다
정靜이란 글자를 생각한다

腕時計見る吾の仕草いとおしむ人あり「靜」という字を思う

너의 향기 남은 재킷을 살짝 입고
제임스딘의 포즈를 취해 본다

君の香の残るジャケットそっと着てジェームス・ディーンのポーズしてみる

「인생은 드라마틱한 편이 좋아」
드라마틱한 조연이 된다

「人生はドラマチックなほうがいい」ドラマチックな脇役となる

다운타운 보이의 노래를 들으며 우유를 마시는 아침
네가 보고 싶다

ダウンタウンボーイの歌を聴きながらミルク飲む朝　君に会いたし

문득 너의 농담이 떠올라 빙긋이 웃는다
사람들의 물결 속에서

唐突に君のジョークを思い出しにんまりとする人ごみの中

아직껏 보지 못한 바다 색깔로 가슴 졸이며
수첩에 九十九里라고 써넣는다

いまだ見ぬ海の色してときめけり手帳に九十九里と書きこむ

석양이라고 하기엔 좀 이른 공원에
임산부의 걸음이 왠지 아름답다

たそがれというには早い公園に妊婦の歩みただ美しい

어쩌면 오지 않을 내일이라면

얘기를 다 마치고 잠들려 한다

おそらくは来ることのない明日なら語りつくして眠らんとする

무슨 새일까

네가 「사이코- 사이코-」 하고 울어 잠이 깬 5월의 아침

何の鳥？　おまえがサイコーサイコーと囁いて目覚める五月の朝だ

*사이코 : 최고, 혹은 좋다는 의미

모성이라는 말

아무리 생각해도 추상적인 스무 살의 5월

母性という言葉あくまで抽象のものとしてある 二十歳の五月

발렌시아 오렌지

게다가 알갱이가 들어 있는 100퍼센트 과즙처럼

バレンシアオレンジしかもつぶ入りの100パーセント果汁のように

식빵과 맥주를 사러 슬리퍼를 신고 줄을 선
일요일 아침

食パンとビールを買いにつっかけを履いて並んで日曜の朝

12라는 숫자가 정다운 한밤중에
너의 목소리 듣기 위해 깨어 있다

12という数字やさしき真夜中に君の声聴くために生きてる

여느 때보다 1분 먼저 역에 도착한다
1분 너를 생각한다

いつもより 一分早く駅に着く 一分君のこと考える

술과 만두만을 진열한 가게 앞
매일 아침 그곳을 지날 때의 평온함

酒まんじゅうのみを並べる店の前朝ごと通るのちのやすらぎ

나와 너를 잇고 있었는지 모를 무언가가
툭 끊어진 십육야十六夜의 달빛

吾と君を繋いでいたかもしれぬものふっつり切れて十六夜の月

다른 사랑은 없는 걸까
그런 것은 바라지도 않는 저녁에 되뇌어 본다

新しき恋はあらぬか求めてもおらぬ夕べにつぶやいてみる

너와 함께 본 「파란 모자의 여인」이 있는
조각공원에서 또 고개를 떨군다

君と見し「青い帽子の女」の絵彫刻の森に今もうつむく

일주일을 못 만나
데우고 또 데워서 맛없어진 무 조림

一週間会わざりければ煮返して味しみすぎた大根となる

한 잔의 술
포장마차 아줌마의 인생이 위胃에 스며든다

コップ酒浜の屋台のおばちゃんの人生訓が胃に沁みてくる

너와 보는 화면 가득한 러브신
많이 닮은 몸짓의 남자 주인공

君と観る画面いっぱいラブシーンよく似た仕草の主演男優

모닝콜 다음은 프랑스 빵

한 계단씩 건너뛰어 오르렴

モーニングコールのあとのフランスパン　一段とばしに昇れ階段

왼손으로 글씨를 쓰는 네 모습은 파랑색

안경을 벗는 네 모습은 연두색

左手で文字書く君の仕草青　めがねをはずす仕草黄みどり

사랑한다 사랑하지 않는다
꽃잎의 수만큼 사랑이 있었으면…

愛してる愛していない花びらの数だけ愛があればいいのに

햇살 좋은 가을날 와세다 거리
창피한 듯 지나가는 거리의 약장수

小春日の早稲田通りのちんどん屋見ルナ見ルナというように行く

chapter 7

하시모토 고등학교

나를 선생님이라 부르는
아이들이 있는 하시모토 고등학교

万智ちゃんを先生と呼ぶ子らがいて神奈川県立橋本高校

교실엔 각자의 시간들로 가득 찬
아흔두 개의 눈동자와 나

教室にそれぞれの時充たしおる九十二個の目玉と私

吳大, 克二, 建一, 透明― 저 나름대로 이름을 붙였다
거창한 이름들이다

吾大, 克二, 健一, 秀明―それぞれに命名をせし高ぶりを読む

길을 걷는 세일러 칼라의 소녀들
누군가를 기다리게 해놓고 종종걸음

街を行くセーラーカラーの少女らは人を待たせている急ぎ足

青春(청춘)이라는 글자를 쓴다
횡선橫線이 많은 것에 왠지 신경이 쓰인다

青春という字を書いて横線の多いことのみなぜか気になる

겨우 이름을 기억한 아이들의 답안지
제 나름의 표정이 있다

ようやっと名前覚えし子どもらの答案それぞれの表情を持つ

칠판에 글씨를 쓰다 잠시 멈추고
울컥 너를 생각하는 몇 초

黒板に文字を書く手を休めればほろりと君を思う数秒

머리 모양도 허리 사이즈도
학생들의 화제가 될 교단 위

髪型もウエストもまた生徒らの話題なるらし教壇の上

출석부, 감색 정장 하늘에 던지고
주말엔 사랑스런 여인이 되리라

出席簿, 紺のブレザー空に投げ週末はかわいい女になろう

선생을 평가하는 여중생의 잔혹함
흔들리는 통근 전철

センセイを評する女子中学生の残酷揺れる通勤電車

오로지 먹을 간다 떠오르는 그 무엇 짓누르듯이
힘주어 먹을 간다

ひたすらに墨をする中浮かびくるもの打つごとくさらに墨する

한여름에 雪(설)자와 火(화)자를 곱게 쓰는
교실 한구석

真夏日に雪という字と火という字浄書している教室の隅

한 점으로 돌아가고 싶은 마음
먹보다 검은 것은 칠할 수가 없는데

点に戻らんとする心あり墨より黒きものは塗られぬ

잊고 싶은 일 많은 6월에
유리 세공의 문진을 올려놓는다

忘れたきことのみ多き六月にガラス細工の文鎮を置く

세면장에서 붓을 헹군다
불규칙하게 흘러내리는 먹물에 마음이 끌린다

洗い場に筆をすすぎて不規則に流れるものに心ひかれぬ

「뒷골목 소년」이란 노래 탓에
조금은 일그러진 너의 십대

「路地裏の少年」という曲のため少しまがりし君の十代

요절한 시인의 생애

20분 만에 예습을 마치고 교단에 선다

薄命の詩人の生涯を二十分で予習し終えて教壇に立つ

'말짱 도루묵'이란 말을

「도로아미타불」이라고 간단히 설명한다

トロウという字を尋ねれば「セイトのト、クロウのロウ」とわけなく言えり

엄마에게 길고 긴 편지를 쓰는
8월 31일 밤

長い長い手紙を母に書いている八月三十一日の夜

지우개를 팔백 원에 새로 산다
시곗줄을 바꾼다 2학기다

消しゴムを八十円で新調す時計のベルト恋えて二学期

복도에서 학생과 나누는 인사가
조금은 쑥스러운 오늘은 신학기

廊下にて生徒と交わすあいさつがちょっと照れてる今日新学期

「이런!」이란 말이 유행하더니
교실의 대화 대부분 「이런」으로 끝난다

「おやっ!?」という言葉流行りて教室の会話大方オヤッオヤッで済む

서우西友라는 간판만이 눈에 띄는
시험 감독을 하는 창가

「西友」の看板だけが明るくて試験監督している窓辺

어렴풋이 샴푸 향기를 흩날리며
아이들은 미분 적분을 풀고 있다

シャンプーの香をほのぼのとたてながら微分積分子らは解きおり

이 아이들을 임신하던 날의 엄마들은…
문득 이런 생각을 하며 시험 감독을 계속한다

この子らを妊りし日の母のことふと思う試験監督しつつ

부모는 자식을 키운다고 하지만
저 혼자 빨개진 밭의 토마토

親は子を育ててきたと言うけれど勝手に赤い畑のトマト

수학시험 감독을 하는 나의 일부

시종 바라보고 있는 소녀

数学の試験監督する我の一部始終を見ている少女

chapter 8
사람 기다리기

너를 안는 팅커벨이 되고 싶어
펄 핑크의 플랫 슈즈를 산다

君を抱くティンカーベルになりたくてパールピンクのフラットシューズ

너를 보내고 눈에 들어온 일그러진 치약 튜브가
오늘 아침 새롭다

見送りてのちにふと見る歯みがきのチューブのへこみ今朝新しき

햇살 아래 너와 나누던
초여름 토마토 껍질이 단단해진다

陽の中に君と分けあうはつなつのトマト確かな薄皮を持つ

두번째로 사랑받기에
정해져 버린 「애인* 타입」

二番目に愛されたればそれゆえに決められており「愛人タイプ」

*일본에서 愛人은 기혼자의 연인을 말한다

좋은 남자랑 결혼하라며
나를 아내로 맞지 않을 남자의 입맞춤

いい男と結婚しろよと、ふっといて我を娶らぬヤツの口づけ

저마다 기다리는 사람 있다면…
라이온스 이야기를 하며 헤어지는 오후

それぞれに待つ人あればライオンズの話などして別れ来る午後

「자」 하며 너는 반지를 건네고
「응」 하며 나는 받는다 캔디처럼

「ほら」と君は指輪を渡す「うん」と吾は受けとっているキャンディのように

나를 버리고 갈 사람이
내 사진을 열심히 찍는 석양녘

吾を捨ててゆく人が吾の写真など真面目に撮っている夕まぐれ

울고 있는 내게 나도 놀란다
사랑은 조용히 끝이 나고 있다

泣いている我に驚く我もいて恋は静かに終ろうとする

식어 가는 마음 조금은 뜨거워졌는지
이별의 마지막 SCENE

冷えてゆく心最後に少しだけ熱くなったか別れの場面

너와 나의 뒷모습은 어디에 있을까
고개를 들지 못하는 만월満月

吾と君のうしろの正面どこにある顔あげられぬままの満月

동이 트는 도쿄의 한 구석
자판기에서 산 두 개의 콜라

明けてゆくTOKIOの隅の販売機にて購いし二本のコーラ

너를 배웅하고 있을지 모를
그녀의 이름이 떠오르는 하늘을 본다

見送っているかもしれぬ女の名が浮かんでしまう空を見ている

언젠가 왔던 도쿄의 서쪽 작은 산
선샤인 빌딩에 손을 흔든다

いつか来た都の西の丘の上サンシャインビルに手を振っている

거베라를 양손으로 쥐어 들고
네가 제일 좋아하는 건 누구

ガーベラの首を両手で持ちあげておまえ 一番好きなのは誰

그 옛날의 사노노치가미에겐
기다리는 슬픔이 허락되었건만…

そのかみの狹野茅上娘には待つ悲しみが許されていた

*사노노치가미노오토메(狹野茅上娘) : 일본 만엽집의 가인(歌人)

유채꽃 장마란 정겨운 말을 가진 고향
걸어가는 슬로모션의 나

菜種梅雨やさしき言葉持つ国を歩む 一人のスローモーション

밤알 세 개를 삶고 혼자만의 가을이라 부른다
저 멀리 너의 바다를 느끼며

栗三つ茹でて一人の秋とせり遠くに君の海感じつつ

거리의 점쟁이
결혼할 조짐이 보인다고 속삭이듯 말한다

街頭の占い師吾に結婚の兆し見ゆとう声をひそめて

가랑비 같은 사랑을 해보고 싶은 가을밤
파슬리가 조금 노래진 베란다

小さめの恋してみたき秋の夜　パセリわずかに黄ばむベランダ

테이블 위에 작은 야자나무를 키운다
나 혼자만의 아침을 위해

テーブルの上に小さなヤシの木を飼っており 一人の朝のため

한숨이 나오는 거야 어쩔 수 없잖아
좀 두껍게 햄을 썰어 본다

ため息をどうするわけでもないけれど少し厚めにハム切ってみる

시클라멘이 꽃을 피우고 직립直立하는 아침
내게 보일 듯 보이지 않는 그 무엇이…

シクラメンが花をつけ直立する朝吾に見えそうで見えない何か

추억은 믹스베지터블* 같은 것
해동시키면 안 되는

思い出はミックスベジタブルのようけれど解凍してはいけない

*믹스베지터블 : 당근, 옥수수, 완두콩 등을 섞은 냉동식품

이유도 없이 떠나는 사람을 붙잡지 못하고
언제나 그대로인 나의 일상

わけもなく旅立つ人を追いきれずかわりばえせぬ我の日常

에어메일
바다를 건너 손바닥에 올려진 작은 사랑의 불가사의

エアメール海を渡りて掌の上に小さな愛ある不思議

사랑하기엔 너무 쓸쓸한 12월
징글벨 소리가 들리지 않는 가슴

恋をすることまさびしき十二月ジングルベルの届かぬ心

인형처럼 곱게 차려입고도
아직은 감출 수 없는 흐린 강물이 있다

アンティックドールのように装ってまだ隠せないにごりえがある

약속 없는 하루를 보내기 위해
혼자 해보는 「사람 기다리기」

約束のない一日を過ごすため 一人で遊ぶ「待ち人ごっこ」

무언가 울고 있는 쓸쓸한 소리에 뒤돌아보니
김이 오르기 시작한 전기밥솥

何の泣く寂しい声よふりむけば湯気立てはじめたる電気釜

사랑을 했던 한 해가 저물어 가는 방에는
나와 데헨바기아

悲をした'85年が暮れてゆく部屋には我とデーヘンバキアと

「크로커스가 피었습니다」라는 말로 문득
편지가 쓰고 싶어진다

「クロッカスが咲きました」という書きだしでふいに手紙を書きたくなりぬ

원색原色의 나라에서 온 그림엽서를 본다
꿈의 연속처럼

原色の国より届く絵葉書を見ており夢の続きのように

붉게 물든 테라스는 일순 봄을 알리고
다음 이파리를 틔우는 아비스

あかねさすテラスは一つかに春を告げくるんと次の葉を出すアビス

원두를 가는 향기 가득한 식탁에
사랑만이 있는 인생이라니

コーヒーのかくまで香る食卓に愛だけがある人生なんて

chapter 9

샐러드 기념일

쏴— 내리는 빗속에
멀어져 가는 너의 우산

サ行音ふるわすように降る雨の中遠ざかりゆく君の傘

길을 떠나는 건 언제나 남자
서럽게 멋진 너의 뒷모습

旅立ってゆくのはいつも男にてカッコよすぎる背中見ている

일 년 후 내 옆얼굴은 무엇을 보고 있을까

누구를 보고 있을까

一年ののちの私の横顔は何を見ている誰を見ている

지울 수 없는 너의 손, 너의 등, 너의 숨소리

그리고, 벗어 놓은 흰 양말

思い出す君の手君の背君の息脱いだまんまの白い靴下

고아라는 도시의 축제
보고 싶지만 여기는 야마토 인걸

アアという町の祭りを知りたけれどここは見えない大和の国ぞ

*야마토(大和): 일본의 옛 이름

지하철 출구에 서서
나를 기다리는 이 없음에…

地下鉄の出口に立ちて今我を迎える人のなきことを思ふに

누구를 기다린다 무언가를 기다린다
「기다린다」는 말이 갑자기 자동사가 된다

誰を待つ何を吾は待つ〈待つ〉という言葉すっくと自動詞になる

한 무더기에 천 원인 토마토들이
볼품없이 진열된 가게 앞

一山で百円也のトマトたちつまらなそうに並ぶ店先

음표처럼 흩어지는 누에콩
위로를 받고 있는 부엌

そらりが音符のように散らばって慰められている台所

햇볕 냄새를 담아 수건을 개는
엄마가 되는 날이 내게도 있겠지

陽のにおいくるんでタオルたたみおり母となる日が我にもあらん

강물의 흐름은 비유할 수 있어도
끝끝내 비유될 수 없는 물밑의 돌들

ゆく河の流れを何にたとえてもたとえきれない水底の石

각설탕을 핥으며 저물어 가는 봄
스물두 살의 셔츠를 벗어 버린다

角砂糖なめて終ってゆく春に二十二歳のシャツ脱ぎ捨てん

서로 차지하려는 기쁨
한 몸에 받으며 튀어오르는 럭비공

奪い合うことの喜び一身に集めてはずむラグビーボール

네 사랑을 포기한
초여름 마麻스커트와 아이스커피

君の愛あきらめているはつなつの麻のスカート, アイスコーヒー

도저히 보폭 맞지 않는 돌계단
끝도 없이 오르는 꿈속

どうしても歩幅の合わぬ石段をのぼり続けている夢の中

불가사의한 생물이다 나는
사랑이 없이도 헌혈을 하는

不可思議な生物としてあるわたし愛がなくても献血をする

콘택트렌즈 빼내고 눈을 깜박이면

그냥 혼자가 되는 나

コンタクトレンズはずしてまばたけばたった 一人の万智ちゃんになる

우울한 마음 힘껏 던져 버린다

틀림없이 날씨 좋을 내일을 위해

むらぎもの心おもいっきり投げんきっと天気になる明日のため

빨리 가는 시계 맞춰 놓은 아침엔
어떤 예감 같은 게 밀려온다

よく進む時計を正しくした朝は何の予感か我に満ちくる

만나러 가는 시간 만끽하고 싶어서
각 역마다 정차하며 신주쿠로 간다

会うまでの時間たっぷり浴びたくて各駅停車で新宿に行く

이야기가 시작된다
도중하차 전도무효인 표를 가지고

物語始まっている途中下車前途無効の切符を持って

개찰구에 너의 모습 보일 때까지
시간의 블록을 조립하고 있다

改札に君の姿が見えるまで時間の積木を組み立てていん

직장에서 달려온 너의 어깨에
남인男印의 황금색 실오라기

職場から駆けつけて来し汝の肩に男印の黄金の糸くず

야간 경기
바람을 맞는 너의 그레이프프루트 색의 옆얼굴

ナイターの風に吹かれている君のグレープフルーツいろの横顔

내일까지 함께 있고 싶은 마음만
플랫폼에 남긴 채 올라타는 마지막 정차

明日まで 一緒にいたい心だけホームに置いて乗る終電車

출장지에서 보낸 그림엽서를 본다
알리바이의 사진처럼

出張先の宿より届く絵葉書を見ておりアリバイ写真のように

손수건을 꺼내는 너의 면 셔츠 체크무늬에
여름 나비가 와 있다

ハンカチを取り出す君の綿シャツのチェックに夏の蝶が来ている

「이 맛 좋은데」 네가 말한 7월 6일은
샐러드 기념일

「この味がいいね」と君が言ったから七月六日はサラダ記念日

토스트가 알맞게 구워지고
내 방의 공기도 서서히 여름이 되어 간다

トーストの焼きあがりよく我が部屋の空気ようよう夏になりゆく

와이셔츠를 툭툭 털어 볕에 말리면
마음도 새하얗게 햇살에 투영된다

ワイシャツをばばんと伸ばし干しおれば心まして陽に透けてゆく

chapter 10

저녁놀 거리

저녁놀 타들어 가는 속도로
정육점 안의 크로켓이 튀겨져 간다

夕焼けてゆく速度にてコロッケが肉屋の奥で揚がり始める

배추가 붉은 허리띠를 매고
가게 앞에 차곡차곡 어깨를 나란히 한다

白菜が赤帯しめて店先にうっふんうっふん肩を並べる

소녀의 손톱을 빼곡히 박은 도미
번쩍이는 생선가게

びっしりと少女の爪をはりつけているような鯛ギラリ魚屋

한밤중의 완두콩 통조림
「열어 줘, 열어 줘」 속삭인다

缶詰のグリンピースが真夜中にあけろあけろと囁いている

지폐의 푸르스름한 색깔 속에
양배추가 웃는 「저녁놀 거리」

五百円札のうす青色の中キャベツが笑う〈たそがれ横丁〉

chapter II

좌우 대칭인 나

고향에 살 결심으로 눈을 감으면
깜깜해, 깜깜해 속삭이듯 들려 온다

ふるさとに住む決意して眠罰すればクライクライとこっそり聞こゆ

망설이다 시간은 흐른다
후회하다 또 흐른다 적갈색으로

迷いつつ時は過ぎゆく悔みつつまた過ぎてゆくえび茶色して

어느 쪽을 택해야 하는지 몰라
큰 대 자로 누우면 좌우 대칭인 나

選択肢二つ抱えて大の字になれば左右対称の我

엄마와 굽는 빵 냄새 향기롭던
한여름 한낮의 고소한 기억을 접는다

母と焼くパンのにおいの香ばしき真夏真昼の記憶閉ささん

「가니」가 아니고 「가버리는 거냐」
집을 나서던 날 아버지는 중얼거리신다

行くのかと、言わずにいなくなるのかと家を出る日に父が呟く

도쿄로 떠나는 날 아침 엄마는 늙어 보이신다
앞으로 만나지 못할 세월만큼

東京へ発つ朝母は老けて見ゆこれから会わぬ年月の分

시장에 물건 사러 가듯 「그럼…」
엄마를 남겨 두고 온 후쿠이 역

買い物に出かけるように「それじゃあ」と母を残してきた福井駅

태양 바로 그 아래 平和(평화)의 平은
平凡(평범)의 平이라고 생각한다
무엇을 버린 것일까

太陽の真下　平和の平は平凡の平と思いき　何を捨てたか

이 도시의 주민이 될 나를 위해
유채꽃 색깔의 슬리퍼를 산다

この町の住人となる我のため菜の花色のスリッパを買おう

옆집에서 이불을 말린다
창문을 여는 소리에 봄이 와 있다

隣人がふとんを干している気配　窓開ける音春めいている

하루의 피로를 토해 내고
또다시 어둠 속을 돌아가는 2호선 열차

一日の疲れを吐き出しまた乗せて夕闇めぐる山手線は

내 머리를 세 번 자른 미용사에게서
「처음이세요?」라는 말을 들으며 앉는다

我が髪を三度切りたる美容師に「初めてですか」と聞かれて座る

사건이라고 부를 수도 없는
혼자 사는 내 오른손 위의 상해 버린 레몬

事件とも呼べず右手の上にある一人暮しの腐ったレモン

모든 이에게 서서히 잊혀져 가는 밤
옆집의 벨소리는 그치지 않는다

誰からも忘れ去られたような夜隣の部屋にベル鳴りやます

화분의 흙이 바싹 말랐다
요 며칠 마치 복수라도 하듯이

鉢の土乾かせておりこの三日まるで復讐するかのように

엄마한테 온 시외전화
파란 시소*와 커 가는 토마토 얘기를 한다

母からの長距離電話靑じそとトマトの育ち具合を話す

*깻잎과 모양은 비슷하나 향과 맛이 전혀 다른 일본 채소

5분 동안 TV 출연을 하는
나를 위해 사준 비디오 한 세트

五分間テレビに出演する我のために買われしビデオ一式

있을 리 없는 너의 향기에
뒤돌아보는 고향의 여름 축제

いるはずのない什の香にふりむいておりぬふるさと夏の縁日

연애는 하지 말라신다
혼수품의 하나인가 나의 노래는

恋愛のことはやめろと論されて嫁入り道具の 一つか歌も

두서없는 얘기를 나눈다
엄마와 딸이란 관계를 너무 믿었던 걸까

ちぐはぐな 会話交せり母と娘のつながり信用しすぎていたか

의심해 보고 싶은 날도 있을
엄마의 딸로, 딸의 엄마로

疑ってみたい日もあるだろうね母の娘で娘の母で

첫사랑을 아직 만나지 못한 남동생과 영화관에 간다
예뻐 보였으면 좋겠다

初恋の人をまだ見ぬ弟と映画観に行く　きれいでいたい

내가 좋아하는 사잔 올스타즈를
남동생도 듣는 나이가 되었다

吾の好きなサザンオールスターズを弟も聴く年頃となる

2층에서 내려다본 엄마의 새빨간 우산
이와사키치히로*의 그림이 된다

二階から見る母の傘ほっと赤 いわさきちひろの絵になっている

*어린이의 세계를 투명한 수채화로 아름답게 표현해 낸
세계적으로 유명한 화가. 우리에겐 '창가의 토토'의 화가로 익숙하다.

뜰에 나가 아침 토마토를 따면
이곳은 진짜 고향이다

庭に出て朝のトマトをもぎおればここはつくづくふるさとである

티셔츠를 훌렁 벗으면
말없는 엄마의 시선이 나를 따른다

Tシャツをつるりと脱げば丁寧に母の視線にたどられている

엄마와 만드는 유부초밥 이 여름의 피리어드
삼마의 열매를 씹는다

いなりずし母と作ってこの夏のピリオド鳶の実を噛みしめる

초콜릿 파르페를 좋아하는 남동생을 안아 주고
또다시 고향을 떠난다

チョコレートパフェを好める弟を抱きしめてまたふるさとを発つ

고향에서 온 감 열매의 색깔이
홀로 있는 방에 등불을 켠다

送られて来し柿の実の柿の色　一人の部屋に灯りをともす

오늘 중에 어떻게든 해야 할 텐데
엄마가 보낸 송이버섯 조금은 성가시다

今日中になんとかせねば　母からの松茸少し面倒である

왠지 겨울은 마음까지 추워진다
전화요금이 늘고, 겨울바람이 차다

なんとなく冬は心も寒くなる電話料金増えて木枯らし

엄마가 열심히 권하던
뉴스킨A 핸드크림

熱心に母が勧めし「ユースキンA」という名のハンドクリーム

기한 찍힌 승차권으로 돌아온다
고향은 나의 도중하차역

期限つき周遊券にて帰省する ふるさとは吾の途中下車駅

버스 정류장에서
예의 바르게 고향 말을 쓰는 소년

バス停で札儀正しくふるさとの言葉をつかう少年に会う

눈 위를 달려가는 아이들의 장화가

마블 초콜릿 같아서 고향

雪の上駆けゆく子らの長ぐつがマーブルチョコのようで　ふるさと

그냥 그런 이야기 그냥 그런 웃음

그냥 그래서 고향이 좋다

なんでもない会話なんでもない笑顔なんでもないからふるさとが好き

엄마와 딸이 여자와 여자가 되어 간다
시집가고 싶은 나이엔

母と娘が女と女になってゆく　嫁に行きたい年頃である

은행 알을 구우며
가족이란 정겨운 우주를 생각한다

ぎんなんの実を炒りなから家族というやさしい宇宙思うておりぬ

연하장들의 이름을 보며
인간을 분류하는 올해가 끝난다

年賀状の名前を見つつ人間の分類をする今年が終る

고향 집에 내 칫솔이 없다고
엄마에게 말하는 섣달 그믐날

ふるさとの我が家に我の歯ブラシのなきこと母に言う大晦日

혼자 사는 집의 우편함을 뒤적일 땐
벌써 나는 도쿄의 얼굴을 하고 있다

一人住む部屋のポストを探るときもう東京の顔をしている

살짝 고개 숙인 수선화가 정겨워
문득 고향이 생각나는 1월

水仙のうつむき加減やさしくてふるさとふいに思う 一月

chapter 12
잘 있어

사색의 비가 내리는 그라운드
서로 마주 선 축구 골대

思索的雨の降りいるグランドに向きあいて立つサッカーゴール

벚꽃 벚꽃 벚꽃 꽃은 피고 꽃은 지고…
아무 일 없었던 것 같은 공원

さくらさくらさくら咲き初め咲き終りなにもなかったような公園

어색하게 한 우산을 쓴 남녀 앞질러 가면
아무것도 아닌 일에 콩당거리는 가슴

ぎこちなきあいあい傘を追いぬけばなんでもないことはずんでおりぬ

스쳐 지날 때마다 주고받는 인사
언제나 야채가게 아저씨

すれ違いざまに会釈を交せしはいつもの八百屋のあんちゃんなりき

보라색이 너무 연한 꽃 한 무리에
마음을 실어 보는 수국

紫のもっとも淡き一群れに想いをのせんあじさいの花

양파 볶으며 기다린다 너의 전화
적당히 단맛이 날 때까지

玉ネギをいためて待とう君からの電話 ほどよく甘み出るまで

바디샴푸 신제품을 사면
샤워를 하기 위한 저녁

新製品のボディシャンプー購えばシャワーを浴びるための夕暮れ

마음껏 사랑받고 싶어
달려가는 6월, 샌들, 수국

思いきり愛されたくて駆けてゆく六月, サンダル, あじさいの花

금요일 여섯 시

너를 만나기 위해 시작되는 월요일 아침

金曜の六時に君に会うために始まっている月曜の朝

한 시간 지나도 오지 않는다

하이 소프트 캐러멜을 사고 앞으로 5분 더 기다린다

一時間たっても来ない　ハイソフトキャラメル買ってあと五分待つ

토요일에 운동화를 신고 온 샐러리맨은

미지의 생명체

土曜日はズックをはいて会いに来るサラリーマンとは未知の生き物

하얀색보다

오렌지색 블라우스를 사고 싶은 사랑

白よりもオレンジ色のブラウスを買いたくなっている恋である

오므라이스를 정말 맛깔스럽게 먹는다
「케첩 맛을 좋아한다」는 메모를 한다

オムライスをまこと器用に食べおれば〈ケチャップ味が好き〉とメモする

게 샐러드의 아스파라거스를 한쪽으로 골라내는 것도
오늘 밤의 발견이다

カニサラダのアスペラガスをよけていることも今夜の発見である

일 얘기를 믿음직스럽게 하는
너의 믿음직스러움만을 나는 이해한다

頼もしく仕事の話する君の頼もしさだけ吾は理解する

이따금 피우는 담배에는
납득할 수 없는 연기도 있다

たまに吸うマイルドセブンライトには納得ゆかぬ煙もあらん

새우튀김 내 꼬리와 네 꼬리
나란히 나온 레스토랑

エビフライ 君のしっぽと吾のしっぽ並べて出でて来し洋食屋

사랑을 고백해 버렸지만
좀 더 안전지대를 두어야 한다

愛告げてしまいたけれどもう少し安全地帯を離れておかん

내 친구는 크림 크로켓을 튀긴다
그래, 역시 신혼이다

我が友はクリームコロッケ揚げておりなんてったって新婚家庭

「평범한 여자가 돼라」
짜디짠 스낵 과자를 먹으며 듣는다

「平凡な女でいろよ」激辛のスナック菓子を食べながら聞く

슈퍼마켓 선반에서 익어 가는 토마토
냉동 야채보다 슬프다

スーパーの棚にて熟れてゆくトマト　冷凍野菜より悲しいか

손수건을 잊어버린 하루 같은
두 사람의 커피 타임

ハンカチを忘れてしまった一日のような二人のコーヒータイム

「피곤하시지요?」 역무원의 인사에
미묘하게 와 닿는 마음의 피로

駅員の「お疲れサマ」という言葉微妙に届く心の疲れ

7·2·3에서 7·2·4로 바뀌는
디지털시계를 보며 질주한다

7·2·3から7·2·4に変わるデジタルの時計見ながら快速を待つ

「잘 있어」
맥도널드의 한 귀퉁이에서 마지막 편지를 다 써간다

「元気でね」マクドナルドの片隅に最後の手紙を書きあげており

이 언덕을 넘으면 바다로 가는 길
황색 신호를 슬쩍 지나친다

この坂を越えれば海へ続く道 黄色の信号するりと抜ける

chapter 13

재즈 콘서트

입이 반쯤 벌어진 기타리스트
음과 리듬의 흙모래 떨어지는 재즈

キター弾く男の口の半びらき　音とリズムの土砂降りジャズは

옆구리를 규칙적으로 치는
채의 행방도 모르는 드럼의 울림

脇腹に規則正しく打つ杭のゆくえも知らぬドラムの響き

종파와 횡파 교차하는
앰프 위에 선 캔맥주

たて波とよこ波交差するところアンプの上に立つ缶ビール

두어 곡이 다 끝나갈 때
난 음표투성이의 악보가 된다

男たち二曲目あたりを終えるころ音符まみれのわたくしになる

무대에 셔터를 눌러대는 카메라맨
그도 무언가를 연주하고 있다

ステージを写し続けるカメラマン彼も何かを奏でておりぬ

살인청부업자처럼 카메라를 들여다본다
푸르스름한 공기를 온몸에 휘감고

殺し屋のようにカメラを覗きこむ青い空気の層をまとって

은빛 트럼펫을 부는 어깨에
마이크의 그림자가 드리운다

銀色のトランペットを吹く肩にマイクの影がはりついている

콘서트가 끝나고 희뿌연 라이트가 켜진다
일상으로 돌아가기 전 잠시 동안

コンサート果ててライトがほの白く笑う日常までのしばらく

스테이지 위에 엎드린 코드들
넋을 뺏긴 오선五線처럼

ステージの上に寝そべるコードたちちぎれて落ちた五線のように

재즈가 끝나고 걷는 지하도 폭풍우를 알리는
해명海鳴처럼 가게 앞에서 손님을 부르는 소리

ジャズのあとを歩く地下街海鳴りのような店頭販売の声

지난밤 재즈의 물결
불씨 남은 귀 한복판이 근질거리는 아침

暗晩のジャズのうねりの埋み火の耳のまん中むずがゆき朝

chapter 14

골목 안의 고양이

이별이 밀리미터의 단위가 될 때까지
달걀 껍질을 으깬다

サヨナラがミリの単位となるまでに卵の殻をつぶしておりぬ

불쾌지수를 믿는 목요일
기운이 없는 것은 날씨 탓이다

不快指数信じて話す木曜日元気がないのは天気のせいだ

쓸쓸해서 켜 본 TV 화면엔
여자가 남자의 목을 조르고 있다

寂しくてつけたテレビの画面には女が男の首しめており

내 방 키홀더에 매달려
이따금 고개를 흔드는 빨간 소

吾の部屋のキーホルダーにつながれて時々首を振る赤い牛

조간신문처럼 당신은 나타나
시작이라는 말로 빛난다

朝刊のように あなたは現われて 始まり という言葉から光る

책을 읽으며 나를 기다리는
너의 등이 조금 괜씸하다

文庫本を読んで私を待っている背中は 少し憎らしい

이틀 건너 쓰는 편지

계절을 뛰어넘기 위해

中二日あけて手紙を書いているシーズンをのりきるために

마지막 한 가닥의 스파게티

먹으려는 너를 보고 있는 나

スパゲティの最後の一本食べようとしているあなた見ている私、

자전거 바구니에서 쏙 고개를 내밀고
뭔가 즐거운 샐러리 이파리

自転車のカゴからわんとはみ出してなにか嬉しいセロリの葉っぱ

언제나 카메라와 삼각대를 데리고 온다
둘이만 있자 오늘은…

三脚とカメラいつも連れて来る　二人っきりでいようよ今日は

「잘 자」 네게 인사했으니
이제 오늘은 울리지 않아도 좋을 전화

「おやすみ」をあなたに言ってもう今日は鳴らなくていい電話と思う

일기예보를 듣지 못한 날은
비가 와도 맑아도 화나지 않는다

天気予報聞きのがしたる 一日は雨でも晴れでも腹が立たない

정다워라 보랏빛 햇살에 꽃망울 터뜨린
작년 가을을 모르는 코스모스

やさしいね陽のむらさきに透けて咲く去年の秋を知らぬコスモス

역으로 가는 길모퉁이
살짝기 우체통으로 다가서는 한 사람

駅までのいつもの道のまがり角そよりとポストに近づく 一人

내일 너를 만날 약속에
이렇게도 조용히 빠져드는 초록잠

明日会う約束をしてこんなにも静かに落ちる眠りのみどり

지금 나를 기다리게 하는
너의 아픈 가슴을 생각하며 기다린다

今我を待たせてしまっている君の胸の痛みを思って待とう

스미다 강가에 겨울바람 불어
잔뜩 긴장한 둑방 위의 풀들

隅田川に冬のはじめの風吹いて緊張している土手の草々

낚시꾼을 태우고 도착하는 배에
셔터를 누르는 눈빛이 좋다

つり人を乗せて倒着する船にシャッターを切るまなざしがいい

속삭이듯 튀김 튀겨내는 소리
세 시 반의 국수 가게

天ぷらをささやくように揚げる音聞きおり 三時半のそば屋に

지금 너 일 생각을 하고 있었던 거지
「응? 그래, 그래」라고 대답하는 걸 보면

今あなた仕事のことを考えていたのね「え? ああ」なんて答える

하얀 고양이와 눈이 마주친 골목 안
갈라진 시간의 틈새 같은 동네

白猫と目が合っている路地の裏　時の割れ目と思う下町

기회를 놓쳐 버린 한마디 말
고추는 소리 없이 쓰다

ひとつだけ「言いそびれたる」この葉の葉とうがらしがほろほろ苦い

아이들이 100원짜리 꿈을 사러 온다
구멍가게의 초록색 청량음료

子どもらが十円の夢買いに来る駄菓子屋さんのラムネのみどり

선 채로 후— 후— 불며 먹는 오뎅
모락모락 김 저편의 당신

立ったままはふはふ言って食べているおでんのゆげの向こうのあなた

포켓이 많이 달린 점퍼가 어울리는

너를 생각하는 아메요코°

ポケットのたくさん付いたジャンパーが似合うあなたを思うアメ横

°アメ横 : 도쿄 우에노의 번화한 거리

복권을 사고 둘만의 은신처를 위해

만약의 세계지도를 펼친다

宝くじを買って 二人の逃避行もしもの世界地図を広げる

왠지 너의 따뜻함이 넘쳐나는
사진작가란 말의 여운

なにかこう君のやさしさ溢わせてふおとらふぁという語の響き

개찰을 의식처럼 치르고
가버린 파란 스웨터

改札を儀式のように通りぬけ行ってしまった靑いセーター

추억이 되기엔 이른
사진 속의 내 표정을 확인한다

思い出になるには早い写真見て吾の表情を確かめている

채널을 계속 돌려 세 번째 듣는
「다음 주에 뵙겠습니다」

チャンネルを回し続けて 三回の「また来週」を告げられており

chapter 15
언제나
아메리칸 커피

잊고만 싶은 봄이기에
온종일 듣는 사잔 올스타즈

忘れたいこちばっかりの春だからひねもすサザン オールスターズ

「스페인에 가자」 바람 부는 언덕을 달리며 너는 말한다
그럼 나도 간다

「スペインに行こうよ」風の坂道を駆けながらもう行こうと思う

돈가스에 소스를 듬뿍 뿌린다
운명선 깊게 파인 오른손으로

トンカツにソースをじゃぶとかけている運命線の深き右手で

행운의 카드가 나올 때까지 계속 치는
트럼프 점을 좋아하는 소녀

ハッピーなカード出るまでくり返すトランプ占い大好き少女

연도에서 마라톤 선수를 바라보는
사람들 무리에 섞이는 일요일

沿道にマラソン選手見る人の群れの二人となる日曜日

주문은 언제나 두 잔의 아메리칸 커피
상대를 너무 생각한다는 것 어쩜 상대를 죽이는 것일지도

注文はいつも二つのアメリカン 相思相殺かもしれないね

히로시마에선 사랑을
속이는 것 혹은 속는 것이라 한다

広島のことばで愛をちゃかしてるあるいはちゃかされようとしている

이미 그곳엔 안녕이란 말이 기다리는
일문일답식의 석양

もうそこにサヨナラという語があって 一問一答式の夕暮れ

사랑받았던 기억은 어딘지 투명해서
항상 혼자 언제나 혼자

愛された記憶はどこか透明でいつでも 一人いつだって 一人

원작·각색·주연·연출=다와라 마치의 일인극. 그것이 이 시집이라고 생각한다. 관람해 주신 분들께 진심으로 감사하면서, 나는 무대 위에 있는 자신을 발견한다. 막은 아직 내리지 않았다. 사는 게 시를 쓰는 거니까. 시를 쓰는 게 사는 거니까. 그러므로, 어제의 이야기는 내일의 이야기로 이어지지 않으면 안 된다. 이 한 권의 책을 정리하면서 느끼는 지금의 내 심정이다.

「야구 게임」으로 제31회 가도가와상角川短歌賞에서 차석을 했고 「8월의 아침」으로 제32회에서도 같은 상을 수상하였다. 축복받은 출발이었다고 생각한다. 시를 쓰기 시작한 지 약 4년.

그 사이의 작품들 중에서 430여 편을 골라 이 책에 수록하였다. 나이로 말하자면 스무 살에서부터 스물넷인 지금까지 쓴 것들이라고 할 수 있다. 나와 시와의 만남은 곧 사사키佐佐木幸綱 선생님과의 만남이었다. 와세다대학 문학부에서 그 정열적인 강의를 듣고 매료되었다.

시인임을 알았다. 시집을 읽었다. 시의 포로가 되었다. 그리고, 나는 시를 짓기 시작했다.

만약 사사키 선생님을 만나지 못했더라면….

만약 사사키 선생님이 시인이 아니었더라면….

만약…… 그 물음에 대답할 말을 나는 모른다. 생각하는 것이 두렵다. 그리고 그 두려움을 느낄 때 새삼 〈만남〉이란 말의 위대함을 생각하게 된다.

만남은 우연이었다. 그러나 지금 내가 시를 쓰고 있는 것은 우연이 아니다. 내 언어의 표현수단으로 나는 시를 선택했다. 사랑에 빠진 것이다. 31자의 문자에.

천삼백 년 간 이어져 내려온 5·7·5·7·7이라는 마법의 지팡이. 정형定型의 리듬을 부여받은 문자들은 생생하게 헤엄치기 시작해서는 이윽고 신기한 빛을 발한다. 그 순간이 나는 좋다.

짧다는 것은 표현에 있어서 마이너스가 되는 것일까? 난 절대 그렇게 생각하지 않는다.

표현의 군더더기를 하나씩 잘라내 버리고 마지막에 남은 그 무언가를 정형이라는 그물로 잡는 것이다. 그 잘라버릴 때의 긴장감, 혹은 잘라낼 때의 충실감.

이것이 시의 매력이라고 생각한다.

가와데쇼보우신샤河出書房新社「문예」편집자인 나가다長田洋一 씨는 내 앞에서 뜻밖의 제의를 했다.

"당신의 시가 좋아서 책으로 내고 싶어요."

전에 나에게 "마치에게는 언제나 행운의 바람이 불어온다"고 말한 사람이 있었다.

분명 행운의 큰 바람이 불어온 것이다.

내 시집을 내주겠다니, 이런 고마운 일이… 그래도 되는 걸까. 이 회사가 나 때문에 망하면 어떡하지… 쓸데없는 걱정인지는 몰라도 그렇게 생각했다. 그러나 물론 생각만 그렇게 했을 뿐이지 나는 고마운 마음으로 그 큰 바람에 몸을 싣기로 했다. 그리곤 나의 쓸데없는 걱정이 진짜 쓸데없는 걱정이 되기를 빌 뿐이었다.

나에게 일인극의 무대를 만들어 주신 나가다 씨, 무대 감독을 해 주신 북양관北羊館출판사의 나카가와 아키라中川昭 씨. 그리고, 사사키 유키즈나 선생님에게는 발문을, 아라카와 요지·다카하시 겐이치로·고바야시 교지 님에게는 추천사를 축복의 꽃다발로 받았다. 사진은 다무라 구니오 씨의 손을 빌렸다. 모두 나의 노래를 따뜻한 눈길로 지켜봐 주신 분들이다.

또한, 항상 격려의 말을 아끼지 않았던 시 동인지「마음의 꽃」의 선배님들과 이토 가즈히고·고몬 준… 이름을 다 말하려면 끝이 없을 것 같다. 모든 이에게 진심으로 감사를 드린다.

일인극이라고 해도 혼자서는 결코 불가능하다는 것을 절실하게 깨달았다. 감사하다는 말을 하지 않으면 안 될 분들의 얼굴을 하나하나 떠올리니 눈물이 쏟아질 것 같다. 내게 있어서 제일 멋진 행운의 바람은 실로 훌륭하신 많은 분들과의 만남과 그들의 격려였다. 그리고 이 시집을 계기로 이번에는 내 작품들이 멋진 만남을 갖게 되기를 마음속으로 빌고 있다.

수상소감 속에 '자, 여기서부턴지 여기까진지'라는 말을 했다. 한 권의 책이 다 완성돼 가니 자꾸 그런 생각이 더 든다. 언제나 '여기서부터'라는 마음으로 살아야 하리라.

요리를 좋아하고 바다를 좋아하고 편지를 좋아하는 나 ―. 남들보다 향수병을 힘겨워 하면서도 굳이 계속하는 도쿄에서의 독신 생활. 덜렁이에다 울보. 그리고 깜짝깜짝 놀라기를 잘한다.

뭐 특별할 것도 없는 스물네 살. 뭐 특별할 것도 없는 나. 뭐 특별할 것도 없는 일상 속에서 한 편의 시라도 쓰고 싶다. 그것은 곧 열심히 살아가고 싶다는 것을 의미하는 것이다.

사는 게 시를 쓰는 거니까. 시를 쓰는 게 사는 거니까.

말이 넘쳐나는 세상입니다. 사랑한다는 말조차 지폐 한 장의 가치보다 가벼워 보이는 세상입니다. 그래서, 시조차도 시로서의 리듬감이나 절제의 미보다는 수다스런 시들이 눈에 많이 띕니다. 누구보다 시를 좋아하는 나는 지금껏 수많은 시들을 만나고, 만날 때마다 나름대로의 느낌이 있었지만, 이 시집의 첫 느낌은 쇼크, 바로 그 자체였습니다. 어린 사랑의 풋풋함과 그 사랑의 일상들을 너무나 절제된 시어로 너무나 리듬감 있게 생명력을 불어넣은 이런 시는 난생 처음 보았기 때문입니다.

이 책을 번역하면서 내내 걱정이 되었던 것은 혹 나의 미숙함으로 인해, 이 아름다운 시집이 빛을 잃으면 어떡하나 하는 것이었습니다. 번역을 다 마친 지금으로서는 이 모든 게 기우가 되길 간절히 바랄 뿐입니다.

내가 이 책을 처음 만났던 때는 들녘에 싸리꽃 같은 그리움이거나, 때론 가슴 한복판이 욱신거리는 아픔으로 기억되는 대학 시절입니다. 참 많은 책들과 밤을 지새고, 참 많은 시들에 가슴 벅차곤 했었습니다. 당시에 시, 특히 외국 연시戀詩의 아름다움에 도취되어 있던 내게 있어서 시는 나의 친구였고, 나의 연인이었습니다. 유난히 소유욕이 많던 나는 그 시절, 그 아름다운 시들을 읽고 느끼는 것만으로는 만족할 수 없었습니다. 사랑하는 이의 모습을 눈으로만 보고 만족할 수 없는 것처럼….

읽고, 또 읽고, 느끼고, 또 느끼고, 그러고도 왠지 모르게 허전할 때면 언제나 습관처럼 노트에 우리말로 옮겨 보곤 했습니다. 한 자 한 자 가지를 쳐내고, 한 자 한 자 다듬어 '이거다' 싶은 시어로 만들어낼 때 비로소 그 시가 진짜 내 것이 된 듯한 짜릿함.

어쩜 이 시집도 그와 같은 나의 소유욕에서 출발한 것일지도 모르겠습니다. 어찌 됐든 10년 가까운 시간을 내 습작 노트에서 잠자고 있던 이 번역시집을 발간하게 해주신 새움출판사 사장님에게 지면을 빌려 다시 한 번 감사의 말씀을 전하고 싶습니다.

실제로 나는 다와라 마치에 대해 별로 아는 것이 없습니다. 하지만 그녀의 사랑, 이별, 고독의 심리를 영화처럼 펼쳐 놓은 이 시집을 수십 번 되뇌며 그녀와 하나인 듯한 교감을 느꼈습니다. 그녀가 즐거우면 나도 즐겁고, 그녀가 울면 나도 울었습니다. 그래서 나는 이번 번역이 높이 평가받기를 감히 바라지 않습니다. 단지 어느 낯선 공간의 낯선 이와 이토록 완벽한 일치감을 맛보았다는 것만으로도 충분히 의미 있는 작업이었다고 생각합니다. 이런 일치감을 독자 여러분과 공유할 수 있다면 더할 나위 없는 기쁨이

겠지요.

마지막으로 다와라 마치 식의 사랑법을 곱씹어 봅니다. 그를 위해 공백으로 비워 두었던 수첩에 스케줄을 적어 넣지만, 그래도 행여 하는 마음에 연필로 적을 수밖에 없는 그녀의 간절함. 샐러드가 맛있다는 그의 한마디를 죽는 날까지 기념하겠다는 그녀의 사랑. 죽도록 사랑한다는 말보다 백 배는 더 가슴 시린, 백 배는 더 눈물겨운 이 사랑의 노래를 그녀의 시가 아니면 어디에서 들을 수 있겠습니까? 이것이 바로 제가 그녀의 시를 사랑하는 이유이고, 아직은 가슴속에 진짜 사랑의 불씨를 지닌 여러분이 이 책을 펼치면 내려놓을 수 없는 이유가 되리라 믿습니다.

신 현 정